田村隆一

港の人

詩集

言葉のない世界

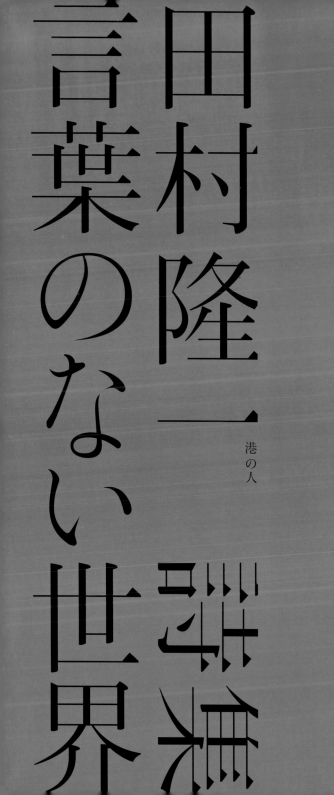

詩集

田村隆一　詩集　言葉のない世界

港の人

星野君のヒント

「なぜ小鳥はなくか」
プレス・クラブのバーで
星野君がぼくにあるアメリカ人の詩を紹介した
「なぜ人間は歩くのか　これが次の行だ」
われわれはビールを飲み
チーズバーグをたべた
コーナーのテーブルでは
初老のイギリス人がパイプに火をつけ
夫人は神と悪魔の小説に夢中になつていた

九月も二十日すぎると
この信仰のない時代の夜もすつかり秋のものだ
ほそいアスファルトの路をわれわれは黙つて歩き
東京駅でわかれた

「なぜ小鳥はなくか」
ふかい闇のなかでぼくは夢からさめた
非常に高いところから落ちてくるものに
感動したのだ
そしてまた夢のなかへ「次の行」へ
ぼくは入つていつた

天使

ひとつの沈黙がうまれるのは
われわれの頭上で
天使が「時」をさえぎるからだ

二十時三十分青森発　北斗三等寝台車
せまいベッドで眼をひらいている沈黙は
どんな天使がおれの「時」をさえぎつたのか
窓の外　石狩平野から

関東平野につづく闇のなかの
あの孤独な何千万の灯をあつめてみても
おれには
おれの天使の顔を見ることができない

帰途

言葉なんかおぼえるんじゃなかつた
言葉のない世界
意味が意味にならない世界に生きてたら
どんなによかつたか

あなたが美しい言葉に復讐されても
そいつは　ぼくとは無関係だ
きみが静かな意味に血を流したところで
そいつも無関係だ

あなたのやさしい眼のなかにある涙
きみの沈黙の舌からおちてくる痛苦
ぼくたちの世界にもし言葉がなかつたら
ぼくはただそれを眺めて立ち去るだろう

あなたの涙に　果実の核ほどの意味があるか
きみの一滴の血に　この世界の夕暮れの
ふるえるような夕焼けのひびきがあるか

言葉なんかおぼえるんじやなかつた
日本語とほんのすこしの外国語をおぼえたおかげで
ぼくはあなたの涙のなかに立ちどまる
ぼくはきみの血のなかにたつたひとりで帰つてくる

開善寺の夕暮れ

雷鳴の沈黙に
日と夜は裂かれ
百舌の嘴は裂かれ
蛇の舌は裂かれる

寺院は崩壊せよ　それゆえに
信仰があるのだ
鉄斎の山嶽図は裂かれ
われらの心を裂く　信州
上川路の秋ははじまるのだ

雨の日の外科医のブルース

雨にはガーゼのにおいがする
真夏のモダーンな屠殺所から
虹色の渚から
生きのこつたイメジだけが
ブルースをうたつてかえつてくるよ

もうだれが世界と和解するものか
時代遅れの不安と恐怖に
世界はすつかり癒着してしまつたのさ

どんなするどいメスでももうたくさん
甘いさみしいエーテルさえあれば
生殖の夢を見ることなんかないんだつて

雨にはガーゼのにおいがする
情熱のない犯罪
傷口だけあつて血は流れない
荒れた舌に安いジンがしみてくると
生きのこつたイメジだけが
ブルースをうたつてすぎ去つてゆくよ

ああだれが世界と和解するものか
安手の倦怠と恍惚に

世界はすつかり癒着してしまつたのさ
どんな国際医学会議ももうたくさん
あかるい上機嫌なリズムさえあれば
男色の夢が見られるんだつて

夏の光り

おれは
ヨット乗りの絵描きと
上野駅の殺風景な構内で
神が到着するのを待つていた

午後六時三分の上野着で
神は千三百米の高原から
ワラビとシイタケを両手にぶらさげて
汽車からおりてくるはずだつた

おれとヨット乗りは罐詰ビールをやたらに飲み
七時十五分まで待つた
大西洋を十九日で横断したのは一瞬の出来事だつたが
神が汽車に乗りおくれた一時間は
ちよつとながすぎるぞ
とヨット乗りはぼやいた

見えない木

雪のうえに足跡があつた
足跡を見て　はじめてぼくは
小動物の　小鳥の　森のけものたちの
支配する世界を見た
たとえば一匹のりすである
その足跡は老いたにれの木からおりて
小径を横断し
もみの林のなかに消えている
瞬時のためらいも　不安も　気のきいた疑問符も　そこに

はなかつた
また　一匹の狐である
彼の足跡は村の北側の谷づたいの道を
直線上にどこまでもつづいている
ぼくの知つている飢餓は
このような直線を描くことはけつしてなかつた
この足跡のような弾力的な　盲目的な　肯定的なリズムは
ぼくの心にはなかつた
たとえば一羽の小鳥である
その声よりも透明な足跡
その生よりもするどい爪の跡
雪の斜面にきざまれた彼女の羽
ぼくの知つている恐怖は

このような単一な模様を描くことはけつしてなかつた
この羽跡のような肉感的な　異端的な　肯定的なリズムは
ぼくの心にはなかつたものだ

突然　浅間山の頂点に大きな日没がくる
なにものかが森をつくり
谷の口をおしひろげ
寒冷な空気をひき裂く
ぼくは小屋にかえる
ぼくはストーブをたく
ぼくは
見えない木
見えない鳥

見えない小動物
ぼくは
見えないリズムのことばかり考える

保谷

保谷はいま
秋のなかにある　ぼくはいま
悲惨のなかにある
この心の悲惨には
ふかいわけがある　根づよいいいわれがある

灼熱の夏がやっとおわって
秋風が武蔵野の果てから果てへ吹きぬけてゆく
黒い武蔵野　沈黙の武蔵野の一点に

ぼくのちいさな家がある
そのちいさな家のなかに
ぼくのちいさな部屋がある
ちいさな部屋にちいさな灯をともして
ぼくは悲惨をめざして労働するのだ
根深い心の悲惨が大地に根をおろし
淋しい裏庭の
あのケヤキの巨木に育つまで

西武園所感

——ある日　ぼくは多摩湖の遊園地に行つた

詩は十月の午後
詩は一本の草　一つの石
みみつちく淋しい日本の資本主義
ぼくらに倒すべきグラン・ブルジョアがないものか
そうだとも　ぼくらが戦うべきものは　独占である
生産手段の独占　私有生産手段である
独占には大も小もない　すでに
西武は独占されているのだ

君が**もし**
詩を書きたいなら　ペンキ塗りの西武園をたたきつぶして
　から書きたまえ
詩で　家を建てようと**思うな**　子供に玩具を買ってやろう
と**思うな**　血統書づきのライカ犬を飼おうと**思うな**
詩で　諸国の人心にやすらぎをあたえようと**思うな**　詩で
　人間造りができると**思うな**
詩で　独占と戦おうと**思うな**
詩が防衛の手段であると**思うな**
詩が攻撃の武器であると**思うな**
なぜなら
詩は万人の**私有**
詩は万人の血と汗のもの　個人の血のリズム

万人が個人の労働で実現しようとしているもの
詩は十月の午後
詩は一本の草　一つの石
詩は家
詩は子供の玩具
詩は　**表現を変えるなら**　人間の魂　名づけがたい物質
　必敗の歴史なのだ
いかなる条件
いかなる時と場合といえども
詩は**手段**とはならぬ
君　間違えるな。

言葉のない世界

1

言葉のない世界は真昼の球体だ
おれは垂直的人間

2

言葉のない世界は正午の詩の世界だ
おれは水平的人間にとどまることはできない

言葉のない世界を発見するのだ　言葉をつかつて
真昼の球体を　正午の詩を
おれは垂直的人間
おれは水平的人間にとどまるわけにはいかない

3

六月の真昼
陽はおれの頭上に
おれは岩のおおきな群れのなかにいた
そのとき
岩は死骸
ある活火山の
大爆発の

エネルギーの
熔岩の死骸

なぜそのとき
あらゆる諸型態はエネルギーの死骸なのか
なぜそのとき
あらゆる色彩とリズムはエネルギーの死骸なのか
一羽の鳥
たとえば大鷲は
あのゆるやかな旋回のうちに
観察するが批評しない
なぜそのとき
エネルギーの諸型態を観察だけしかしないのか

なぜそのとき
あらゆる色彩とリズムを批評しようとしないのか

岩は死骸
おれは牛乳をのみ
擲弾兵のようにパンをかじつた

4

おお
白熱の流動そのものが流動性をこばみ
愛と恐怖で形象化されない
冷却しきつた焰の形象
死にたえたエネルギーの諸形態

5

鳥の目は邪悪そのもの
彼は観察し批評しない
鳥の舌は邪悪そのもの
彼は嚥下し批評しない

6

するどく裂けたホシガラスの舌を見よ
異神の槍のようなアカゲラの舌を見よ
彫刻ナイフのようなヤマシギの舌を見よ
しなやかな凶器　トラツグミの舌を見よ

彼は観察し批評しない
彼は嘸下し批評しない

7

おれは
冥王星のようなつめたい道をおりていつた
小屋まで十三キロの道をおりていつた
熔岩のながれにそつて
死と生殖の道を
いまだかつて見たこともないような大きな引き潮の道を

おれは擲弾兵
あるいは

おれは難破した水夫
あるいは
おれは鳥の目
おれはフクローの舌

8

おれはめしいた目で観察する
おれはめしいた目をひらいて落下する
おれは舌をたらして樹皮を破壊する
おれは舌をたらすが愛や正義を愛撫するためでない
おれの舌にはえている銛のような刺は恐怖と飢餓をいやす
　ためでない

9

死と生殖の道は
小動物と昆虫の道
喊声をあげてとび去る蜜蜂の群れ
待ちぶせている千の針　万の針
批評も反批評も
意味の意味も
批評の批評もない道
空虚な建設も卑小な希望もない道
暗喩も象徴も想像力もまったく無用の道
あるものは破壊と繁殖だ
あるものは再創造と断片だ

あるものは断片と断片のなかの断片だ
あるものは破片と破片のなかの破片だ
あるものは巨大な地模様のなかの地模様
つめたい六月の直喩の道
朱色の肺臓から派出する気嚢
氷嚢のような気嚢が骨の髄まで空気を充満せしめ
鳥はとぶ
鳥は鳥のなかでとぶ

10

鳥の目は邪悪そのもの
鳥の舌は邪悪そのもの
彼は破壊するが建設しない

彼は再創造するが創造しない
彼は断片　断片のなかの断片
彼には気嚢はあるが空虚な心はない
彼の目と舌は邪悪そのものだが彼は邪悪ではない
燃えろ　鳥
燃えろ　鳥　あらゆる鳥
燃えろ　鳥　小動物　あらゆる小動物
燃えろ　死と生殖
燃えろ　死と生殖の道
燃えろ

II

冥王星のようなひえきつた六月

冥王星のようなひえきつた道
死と生殖の道を
おれはかけおりる
おれは漂流する
おれはとぶ

おれは擲弾兵
しかもおれは勇敢な敵だ
おれは難破した水夫
しかしおれは引き潮だ
おれは鳥
しかもおれは目のつぶれた猟師
おれは猟師

おれは敵
おれは勇敢な敵

12

おれは
日没とともに小屋にたどりつくだろう
背のひくいやせた灌木林がおおきな森にかわり
熔岩のながれる太陽も引き潮も
おれのちいさな夢にさえぎられるだろう
おれはいつぱいのにがい水をのむだろう
毒をのむようにしずかにのむだろう
おれは目をとじてまたひらくだろう
おれはウィスキーを水でわるだろう

13

おれは小屋にかえらない
ウィスキーを水でわるように
言葉を意味でわるわけにはいかない

詩集　言葉のない世界　終

目次

本書は、田村隆一著『詩集　言葉のない世界』
（昭森社　一九六二年一二月二〇日発行）を底本とした。

詩集　言葉のない世界

二〇二一年四月一四日初版第一刷発行

著者　田村隆一
装幀　水戸部功
発行者　上野勇治
発行　港の人
神奈川県鎌倉市由比ガ浜三—一一—四九
〒二四八—〇〇一四
電話　〇四六七—六〇—一三七四
ファックス　〇四六七—六〇—一三七五
印刷　シナノ印刷
製本　博勝堂

ISBN978-4-89629-390-6